BARQUINHO menino

Texto e fotografias de
Genifer Gerhardt

BARQUINHO
menino

Copyright do texto e das fotos © 2023 Genifer Gerhadrt

Direção e curadoria	Fábia Alvim
Gestão editorial	Felipe Augusto Neves Silva
Diagramação	Luisa Marcelino
Revisão	Melissa Ribeiro

Dados Internacionais de Catalogação na Publicação (CIP) de acordo com ISBD

G368b   Gerhardt, Genifer

Barquinho menino / Genifer Gerhardt. - São Paulo, SP : Saíra Editorial, 2024.
32 p. : il. ; 18cm x 23cm.

ISBN: 978-65-81295-47-9

1. Literatura infantil. II. Título.

2024-285

CDD 028.5

CDU 82-93

Elaborado por Odilio Hilario Moreira Junior - CRB-8/9949

Índice para catálogo sistemático:
1. Literatura infantil 028.5
2. Literatura infantil 82-93

Todos os direitos reservados à Saíra Editorial

@sairaeditorial   /sairaeditorial

www.sairaeditorial.com.br

Rua Doutor Samuel Porto, 411
Vila da Saúde – 04054-010 – São Paulo, SP

Para Valentim e Aurora,
que me ensinaram tanto sobre as infâncias
e sobre o profundo respeito ao sentir.

Existia, em uma cidade nem tão distante,
um menino de pintas no rosto.

Ele não era nem pequeno nem grande,
não gostava de pitangas nem de refrigerantes
e tinha certa afeição às lagartas.

Mas, naquele dia, naquele dia cinzento,
metade alegria e metade tormento,
uma pessoa muito amada do menino teve de se despedir.

O menino estava triste.
Algo dentro dele era grande,
feito um buraco que não deixa ver seu fim.
O menino não conseguia falar sobre o que sentia,
mas algo nele ardia,

ardia,

ardia.

A pessoa amada foi, e ele em olhar acompanhou.
Ficou com seu silêncio enlaçado nos olhos
e foi fazer qualquer coisa
que o fizesse se esquecer da dor atada:
um **jogo**, um **desenho**,
um **sorvete** ou uma **estrada**.

Passou dias assim, em silêncio.

Até que em uma noite, enfim,
o menino desaguou.

Chorou

chorou

chorou...

As lágrimas do menino viraram um mar bem imenso.
Saíram lavando tudo: o quarto, o rosto, o que era tenso.

Foi nessa noite que o menino navegou.
E em seu oceano havia medo, tempestade e vendaval.
Perguntas, **conversas** e coisa e tal.

O menino nunca se esqueceu da pessoa,
a pessoa nunca se esqueceu do menino.
Mas foi aquele barquinho que sussurrou para ele
que alguns assuntos precisam chorar na gente.

Para assim ele poder navegar

em frente

em frente

em frente.

fim.

Sobre a criação:

Este livro foi feito a partir de fotografias de um boneco-menino em um cenário feito no quarto de Genifer. Ela usou um papelão velho para ser o local do menino, pintou e, com esse material, fez as janelas também. Usou uma embalagem de uvas para os vidros da janela.

O boneco foi feito com um arame e umas partes em madeira. Depois ela usou uma massa dura para os ossos e por cima colocou uma espuma tipo essas que temos nos colchões. Em cima disso tudo uma massinha parecida com essas massinhas de modelar que a gente compra na papelaria. E a roupinha, ela costurou também.

Fez bastante bagunça na mesa criando o boneco, mas depois ela conseguiu limpar tudinho e gostou do resultado. Ele ficou diferente do que ela tinha imaginado no início, mas criar é isso mesmo. A gente vai se surpreendendo com o que nasce.

E você, gosta de criar?

Genifer Gerhardt é mãe do Valentim e da Aurora.
Ela também não gosta de refrigerantes.
Assim como o menino desta história, às vezes ela deságua para aliviar o que dói do lado de dentro.

Genifer gosta de fazer bonecos pequenos e escreveu esta história em uma tarde cinzenta. Este é o primeiro livro infantil dela; ela amou escrever e ilustrar. Tomara que você goste também disto que dança, chora e alivia.

Esta obra foi composta em Poppins e Agenda e impressa em offset sobre papel couché brilho 150 g/m² para a Saíra Editorial em 2024